水原秋櫻子句集

群　青

雨の渓
一夜は
にほふ
山さくら

秋櫻子

水原秋櫻子句集　群青

徳田千鶴子編

句集一覧

『葛飾』（昭和五年・馬醉木発行所）
『秋櫻子句集』（昭和六年・素人社書屋）
『新樹』（昭和八年・交蘭社）
『秋苑』（昭和十年・龍星閣）
『岩礁』（昭和十二年・沙羅書店）
『蘆刈』（昭和十四年・河出書房）
『古鏡』（昭和十七年・甲鳥書林）
『磐梯』（昭和十八年・甲鳥書林）
『重陽』（昭和二十三年・細川書店）
『梅下抄』（昭和二十三年・武蔵野書房）
『霜林』（昭和二十五年・目黒書店）
『残鐘』（昭和二十七年・竹頭社）
『帰心』（昭和二十九年・琅玕洞）
『玄魚』（昭和三十二年・近藤書店）
『蓬壺』（昭和三十四年・近藤書店）
『旅愁』（昭和三十六年・琅玕洞）
『晩華』（昭和三十九年・角川書店）
『殉教』（昭和四十四年・求龍堂）
『緑雲』（昭和四十六年・東京美術）
『餘生』（昭和五十二年・求龍堂）
『蘆雁』（昭和五十四年・東京美術）
『蘆雁』以後（『蘆雁』以後、死の直前まで主宰誌「馬醉木」昭和五十四年十月号―昭和五十六年八月号に発表された全作品を収録）

三月堂

来《こ》しかたや馬酔木《あしび》咲く野の日のひかり　『葛飾』

当麻寺

牡丹の芽当《たい》麻《ま》の塔の影とありぬ

唐招提寺

蟇《ひき》ないて唐招提寺春いづこ

馬酔木咲く金堂の扉《と》にわが触れぬ

浄瑠璃寺　二句

馬酔木より低き門なり浄瑠璃寺

金色の佛ぞおはす蕨《わらび》かな

梨咲くと葛飾の野はとの曇り

連翹《れんぎよう》や真間の里びと垣を結はず

葛飾や桃の籬《まがき》も水田べり

鶯や前《ぜん》山《ざん》いよよ雨の中

高《たか》嶺《ね》星《ぼし》蚕《こ》飼《かい》の村は寝しづまり

天《てん》平《ぴよう》のをとめぞ立てる雛《ひいな》かな

濯《すす》ぎ場に紫陽花《あじさい》うつり十二橋

葭《よし》切《きり》のをちの鋭《と》声《ごえ》や朝ぐもり

葛飾や浮葉のしるきひとの門

帰省　二句

桑の葉の照るに堪へゆく帰省かな

やうやくに倦みし帰省や青《あお》葡《ぶ》萄《どう》

睡たさのうなじおとなし天《てん》瓜《か》粉《ふん》

鯔《ぼら》はねて河面暗し蚊《か》喰《くい》鳥《どり》

青春のすぎにしこころ苺喰ふ

コスモスを離れし蝶に谿《たに》深し

白樺に月照りつつも馬《ま》柵《せ》の霧

啄《き》木《つつ》鳥《き》や落葉をいそぐ牧の木々

雲海や鷹のまひゐる嶺ひとつ

獅子舞は入日の富士に手をかざす

柴漬《ふしづけ》や古利根今日の日を沈む

むさしのの空真青なる落葉かな

百済観音

春惜むおんすがたこそとこしなへ

利根川のふるきみなとの蓮《はちす》かな『秋櫻子句集』

上高地

白樺を幽《かす》かに霧のゆく音か『新樹』

風《かざ》雲《ぐも》の秩父の柿は皆尖る
ひかり飛ぶものあまたゐて末《うら》枯《が》るる
天使魚もいさかひすなりさびしくて
断崖に勿《な》来《こそ》の浜は百合多し
瓶の菊
わがいのち菊にむかひてしづかなる
寒鯉はしづかなるかな鰭《ひれ》を垂れ『秋苑』

白菊の白妙甕《かめ》にあふれける

ぬるるもの冬田に無かり雨きたる

題役行者像

山焼けば鬼《き》形《ぎょう》の雲の天に在り

天《あめ》騒ぎ摩利支天岳に雷おこる

雪渓をかなしと見たり夜もひかる

会津、勝常寺

しぐれふるみちのくに大き佛あり　『岩礁』

波太島

向日葵《ひまわり》の空かがやけり波の群

佐伯祐三氏遺作展

巴里の絵のここに冴え返り並ぶあはれ

水漬きつつ新樹の楊《やなぎ》真白なり　『蘆刈』

瑠璃沼に瀧落ちきたり瑠璃となる

磐梯ホテル

ランプ吊りなほ暮れかねつ時鳥《ほととぎす》

初日さす松はむさし野にのこる松

夜の雪の田をしろくしぬ鴨のこゑ『古鏡』

野の池を十日見ざりき咲く辛夷《こぶし》

花の雨竹にけぶれば真青なり

青《あお》葉《ば》木《ず》菟《く》月ありといへる声の後《あと》

上発地

筒鳥を幽かにすなる木のふかさ

ひぐらしやあまた瀧落つ湯檜曾川『磐梯』

穂芒の暮れてぞひくき渡り鳥

高尾山探鳥

この沢やいま大瑠璃《おおるり》鳥のこゑひとつ

薬王院前

佛法僧巴と翔くる杉の鉾《ほこ》

初富士の海より立てり峠越『重陽』

あめつちのうららや赤絵窯《かま》をいづ

裏山の農家を訪ふ。七十余歳の老媼、新茶をいれつつ語るをきけば、媼は土方歳三の孫なりといふ

おもはざるむかしがたりや田植時

門とぢて良夜の石と我は居り

十六夜《いざよい》や鉢なる蓮の露こぼれ

柿干してけふの独り居雲もなし

時雨

こもり居や茶がひらきける金の蘂《しべ》

降りいでて雲の中なり梅花村

青《あお》丹《に》よし寧楽《なら》の墨する福寿草

寒木瓜《ぼけ》とわれとの日向《ひなた》方二尺

きのふ過ぎけふも紫苑《しおん》にうする、日

放心の眼がとらへける雪の鳩　『梅下抄』

野の虹と春田の虹と空に合ふ　『霜林』

臈《ろう》たけて紅の菓子あり弥生《やよい》尽《じん》

書院より林泉を見る

花冷や剝落しるき襖《ふすま》の絵

修学院離宮

鶯《うぐいす》や雲押し移る雲母《きらら》越《ごえ》

薬師寺東院堂聖観音

厨《ず》子《し》の前千年の落花くりかへす

橘寺

丘飛ぶは橘《たちばな》寺《でら》の燕かも

菖蒲池古墳

木瓜の朱は匂ひ石棺の朱は失せぬ

雨に獲《え》し白魚の嵩《かさ》哀れなり

時鳥《ほととぎす》野に甘藍《かんらん》の渦みだれ

石田波郷君は東京療養所に、山田文男君は清瀬病院にあり

人ふたりへだつ林や梅雨の蝶

梅雨の花林にしろく野にしろし

芥子《けし》咲くやけふの心の夕映に

吹かれては波よりしろし秋の蓮

風邪にこもりて

夜を咳けば昼はねむりつ菊日和

冬菊のまとふはおのがひかりのみ

せはしなき人やと言はれ屠蘇《とそ》を受く

寒苺《いちご》われにいくばくの齢のこる

小豆《あずき》煮て俄かにきざす暑に耐へぬ

颱風《たいふう》の空飛ぶ花や百日紅《さるすべり》

奥多摩吉野村

吊橋や百歩の宙の秋の風

O家の老媼の病めるを見舞ふ

山越ゆるいつかひとりの芒原

上牧あたり

谷川岳沖の耳飛ぶ時雨《しぐれ》雲

谷川岳の頂上には獣の耳に似たる岩塊あり、
近きを「とまの耳」遠きを「沖の耳」といふ

伊豆の海や紅梅の上に波ながれ

雪きびしセザンヌ老残の記を読めり

べたべたに田も菜の花も照りみだる

城ケ島燈台　二句

きりぎりす見るは巌のみ又波のみ

七夕竹わづかの砂に立てる磯

鰯雲こころの波の末消えて『残鐘』

萩の風何か急《せ》かるる何ならむ

廃運河何に波立つ雪の中

朱欒《ざぼん》割る手《た》力《ぢから》惜み風邪心地

野の風を濤《なみ》と聞く日の玉椿

楢《なら》山の窪《くぼ》に池澄む芽《め》立《だち》前

夢さめておどろく闇や秋の暮

種蒔いて明日さへ知らず遠きをや

雲仙温泉地帯

野あやめの離れては濃く群れて淡し

二十三日、長崎市内見学、博物館にて
ミケランジェロ作の聖像を模したりとつたふる踏絵

古りしもの光放てり薔薇咲く日

浦上天主堂　二句

麦秋の中なるが悲し聖廃墟

鐘楼《しゆろう》落ち麦秋に鐘を残しける

国際墓地途上

薔薇の坂にきくは浦上の鐘ならずや

大浦天主堂は修理完く成り、石階上に日本聖母像を仰ぐ。
階下に僧院あり、薔薇、罌粟など咲けるが見ゆ

薔薇喰ふ虫聖母見たまふ高きより

二十六日朝、松山市城山に登る

樗《おうち》咲けり古郷波郷の邑《むら》かすむ

厳島神社宝物館

花楓紺《こん》紙《し》金《こん》泥《でい》経《きょう》くらきかも

平家納経

若楓あはれ美しきもの残る

古賀の浦温泉、古賀の井に泊る。朝、庭前

浜木綿や落ちて飼はるる鳶《とび》の雛

巴旦杏《はたんきょう》幼なごと皆似たり

八月九日午前、天主堂にて
素朴なる卓に秋風の聖書あり

露けさの弥撒のをはりはひざまづく

菜の花の一劃一線水田満つ
『帰心』

碧天や喜雨亭蒲公英《たんぽぽ》五百輪

谷川温泉附近
山桜雪嶺天に声もなし

朝寝して鏡中落花ひかり過ぐ

飛燕鳴き山村五月事多し

中尊寺に詣づ、東物見にて

雨の洲の卯の花かなし衣川

中尊寺宝庫、蒔絵椀

ほととぎす秀《ひで》衡《ひら》椀《わん》の名をとどむ

光堂

優《う》曇《どん》華《げ》や金《きん》箔《ぱく》いまも壇に降る

戸賀湾

岩の上燈台を置きて南《は》風《え》吹けり

梅雨の瀬の簗《やな》駈けのぼる最上川

妻病めり秋風門をひらく音

妻癒えて良夜我等の影並ぶ

喜雨亭翁を侮《あなど》る鶫の柿に居り

山毛欅《ぶな》紅葉褪《あ》せてぞ光る白馬鎗

冬紅葉海の十六夜《いざよい》照りにけり

落葉聴く豊頬《ほうぎょう》陶土観世音

法隆寺・夢違観音

草枕小春は替へむ夢もなし

安土城址の大手近く、神学校のありしほとりにて

冬すみれ神父布教の道ここに

安土城天守閣址

むなしさに冬麗の天残りたる

湯婆《ゆたんぽ》や忘じてときほき医師の業

ミモザ咲き海かけて靄黄なりけり

色淡き椿ばかりのあさがすみ

辛夷《こぶし》咲き畦の卍《まんじ》も青みたり

疾風《はやて》来て畦に倒るる春の鶏

浜名湖、弁天島

空に雲湖に干潟の朧なり

那智山　二句

咲き満ちて桜撓《たわ》めり那智の神

瀧落ちて群青《ぐんじょう》世界とどろけり

雲ふかく十津川春を濁るなり

土庄のはづれに尾崎放哉氏の住みし庵あり。南郷庵とて、
小豆島五十八番の霊場なり。庵後の墓に詣づ

孤り生きし人の墓なり蟻ひとつ

山の蛾はランプに舞はず月に舞ふ

早暁、小入笠頂上にて

雲海や樹頭一禽声なくて

甲斐の鮎届きて甲斐の山蒼し

八月、西荻窪に新居を建てむとす。二十六日上棟

鰯雲野に上棟の酒を酌《く》む

『玄魚』

居を移すこころ木《もく》犀《せい》の香を待てり

八王子の家にて

斎《とき》をうく合掌唱《しょう》偈《げ》秋の風

僧堂の飯《いい》の白さよ新豆腐

桜島へわたる

穂芒や水なき川が海に落つ

十月二十一日、別府にて

河《ふ》豚《ぐ》食ふや伊万里の皿の菊模様

朱《ざ》欒《ぼん》売海を見てをり船出前

菓子買ひに妻をいざなふ地虫の夜

陀《だ》羅《ら》尼《に》助《すけ》軒端の燕孵《かえ》りけり

著《しゃ》莪《が》咲くや谿に階なす吉野《よしの》建《だて》

吉野の家は、概ね岨路に建てたれば、表は平家造りにて道に面すれど、裏は谿に向ひて階をなせり。吉野建といふ

明神岳浄めの霧を吹きおろす

上高地行　二句

楊《やなぎ》散り風雨明けゆく河童《かっぱ》橋《ばし》

枯蔓の日蔭日向と綯《な》ふひかり

をだまきや旅愁はや湧く旅のまへ

宿の主婦は俳人なり。この地の名物なりとて我に眼張寿司を饗す。高菜を漬けて包みたる飯にして、その大いさ、握飯に倍するため、食する人おのづから目を見ひらく。眼張寿司の名ある所以なり

眼《め》張《ばり》寿《ず》司《し》熊野の春を惜しめやと

清姫といふ邑《むら》すぎて芥《け》子《し》紅し

狐《きつね》の提《ちょう》灯《ちん》古みち失せて咲きにけり

澄む日影照る月影や紫《し》菀《おん》咲く

菓子ほしき日なり街吹く秋の風

最上川秋風簗《やな》に吹きつどふ

山形には「芋煮」といへる行楽あり。芋、肉、酒等を携へて山野にあそび、秋晴の一日を興ずるなり

月山の見ゆと芋煮てあそびけり

霧飛びて積石《ケルン》ひようひようと鳴るさびしさ

山茶花《さざんか》や金箔しづむ輪島塗

紅葉せる中にも沙羅《しゃら》の夕紅葉

曾々木の磯　二句

末枯れて濤崩え巌に濤の声

七つ島は岩礁なれや雁渡し

稲架照らす提灯の紋ぞ揚羽蝶

時忠一族の墓

霜待つや輪塔苔の十一基

その墓に手触れてかなし星月夜

一高時代の同窓会

君は誰ぞと医の友問ひぬ年忘

蘇洞門の巌壁は、日本海の波に洗はれて、あまたの洞窟をつらねたり

ひぐらしや潮より立ちし巌の門　『蓬壺』

七百年を経たる堂塔の修理をはりて、夏霧ふかき中に、秘佛薬師如来をまつれり

蟬鳴けり泉湧くより静かにて

啞蟬も来て聴《ちょう》聞《もん》す明恵伝

高尾神護寺に登り、名高き大般若経を見る

経巻の金描浄土ほととぎす

夏蝶も紺《こん》紙《し》金《こん》泥《でい》の経ならむ

天狗平　三句

高嶺草夏咲く花を了りけり

ちんぐるま湿原登路失せやすし

龍《りん》膽《どう》や巖頭のぞく剣岳

青雲に湧く瀧青き霧へ落つ

修善寺温泉

木《もく》犀《せい》や二夜泊りに雨一夜

奈良、白毫寺

柿落葉して人径の絶えにけり

蟹満寺

鳴子鳴り堂にあまれる大耳佛

安福寺、平重衡供養塔

色鳥の来て佛敵の名の悲し

岩船寺

四天王忿《ふん》怒《ぬ》す百舌鳥もまた叫ぶ

法華寺、十一面観世音

拝みしをまぼろしかとも秋の暮

長崎港外伊王島　二句

冬菊やイエズスさまに屋根漏《も》る日

石蕗にねむるミカエル弥吉ガラシヤまり

神の島天主堂

冬《ふゆ》凪《なぎ》の艣《ろ》の音きこゆ懺《ざん》悔《げ》台

竹原町に着き、誠鏡醸造所に中尾文嶺君を訪ふ

残る菊束ね始まる酒つくり

粕汁の一椀蓬壺うかびけり

春の藻や胸反《そ》りのぼる熱帯魚

田にけぶる乗《のっ》込《こみ》鮒《ぶな》の朝の雨

枕崎港

鳶《とび》の羽の漁夫の肩搏つ鰹《かつお》揚《あげ》

蟹《かに》はしり疾風吹き落つ善《ぜん》丁《ちょ》谷《だに》

「銀嶺」にて昼食。この家佳き骨董を多く蔵する中に、石彫のマリア観音最も見事なり

春雷や愁思無量の観世音

燕来ぬ文字ちらし書く爪哇《ジャワ》更紗《さらさ》

明治座新国劇「荒神山」を上演す

薫風やむかし伯山の張扇

十四日黎明、剣ヶ峰に登る　二句

黒百合や星帰りたる高き空

暁紅に外《そ》れて夏逝《ゆ》く槍ヶ岳

飛鳥のふるみち

木の実降り鵯《ひよ》鳴き天平観世音

歌舞伎座顔見世「近頃河原達引」床の浄瑠璃に「頃しも師走十五夜の……」と名高き一齣あれば

顔見世や櫓の月も十五日

蓬萊《ほうらい》や東にひらく伊豆の海　『旅愁』

若布《め》刈舟《かりぶね》出でて飛燕の土佐《とさ》泊《どまり》

渦群れて暮春海景あらたまる

燕来し簷《のき》や浄瑠璃人形師

行春や娘《むすめ》首《がしら》の髪の艶

愛鷹山麓十里木にて

ほととぎす朝は童女も草を負ふ

秋場所や星勘定も曇る空

蕪村忌や画中酔歩の李太白

羽子板や勘平火縄ふりかざし

遊蝶花春は素朴に始まれり

朝寝せり孟《もう》浩《こう》然《ぜん》を始祖として

月いでて薔薇のたそがれなほつづく

十津川村　二句

葛咲くや濁流わたる熊野犬

ひぐらしや熊野へしづむ山幾重

十六夜《いざよい》の竹ほのめくにをはりけり『晩華』

明治座一月

切れ凧や関の弥太つぺ旅いづこ

波荒れてゆらぐ利島《としま》や冬苺

繭玉《まゆだま》を手にせり蜑《あま》が辻佛

益子窯　開窯

うぐひすや熱まだこもる登り窯

蔓《つる》はなれ月にうかべり鉄線花

谷川岳、一の倉沢

白根葵咲けりといふよ山彦も

傘を手に鬼灯《ほおずき》市の買上手

ナイターやツキのはじめのはたた神

舟着の板いちまいや魂送

酔芙蓉といふ花、朝は白けれど、午後にいたりて淡紅となる

露ながら一《いち》瓣《べん》すでに酔芙蓉

箕面勝尾寺に句碑を建つるとて

朝霧浄土夕霧浄土葛咲ける

木曾の雲飛驒へ嶺越す秋の風

夕牡丹しづかに靄を加へけり

五月十七日、白馬岳登攀を志して新宿を発す。一行十五人、松本を過ぎて

林《りん》檎《ご》咲き荒瀬北指す川ばかり

花と影ひとつに霧の水芭蕉

獅子《しし》独活《うど》や旅愁きびしき海の色

薫風や海豹《あざらし》の頭《ず》の濡れどほし

洲に立てる青鷺のみぞサロマ川

湖いでてすぐ緑蔭の釧路川《くしろがわ》

蕗の傘三人を容《い》れぬ朝曇

塘路湖

黒百合の一輪霧《き》らふ湖の神

葛しげる霧のいづこぞ然《しかり》別《べつ》

濁る瀬はサビタ映さず空《そら》知《ち》川《がわ》

十月二十六日午後海を越えて高松着。屋島付近に源平合戦の跡を訪ふ。那須与一の駒立岩、いまは小運河の底にしづめり

もの、ふの誉《ほまれ》の岩に鯊ひとつ

佐藤嗣信戦死の地を射落畠といひ、蓮堀にてかこまれたり

蓮枯れて水に立つたる矢の如し

能登守の侍童菊王丸の墓

供《く》華《げ》多き中に緋《ひ》縅《おどし》の鶏頭花

江の奥にふかき江澄めり石蕗の花

明治座にて

座の紋の梅も匂ふや初芝居『殉教』

春睡やわが世の外の医学会

家人の微恙、漢方薬にて忽ち治癒す

陳さんの処方の験《げん》や牡丹の芽

杖突峠を越えて諏訪に向ふ峠のふもとに百余年を経たる家あり。造酒屋なりしがいまは名のみをとどめて旅籠をいとなめり

海棠《かいどう》や旅籠《はたご》の名さへ元酒屋

秘めし茶を牡丹の客にすすめけり

山刀伐峠

蝮《まむし》獲て出羽の人々言《こと》楽し

乙女峠に、切支丹殉教を記念する礼拝堂立てり

草刈るや栄光のこす邪宗門

入谷

市の日の朝顔ならぶささのゆき

大覚寺

嵯《さ》峨《が》菊《ぎく》の暮光も天にのぼりけり

水仙や風の名残の濤《なみ》の声

凧の絵や悪鬼が奪ふ己が腕

おのが声わすれて久し春の風邪

浜名湖

春疾風《はやて》すつぽん石となりにけり

吉野川

田を植ゑて相寄る影や妹背山

明治座に「鶴八鶴次郎」を見る　二句

夫《め》婦《おと》雁《かり》一羽はぐれし弾き語り

こほろぎや寄席《よせ》の楽屋の独り酒

田原坂《たばるざか》　五句

旅びとに斎《とき》の柚《ゆ》味《み》噌《そ》や高山寺

大綿や古道いまも越えがたき

示現流守りし嶮《けん》ぞ烏瓜

谷村計介戦死の地

鋭《と》声《ごえ》なる鶺去り落葉降るばかり

秋蕭《しょう》条《じょう》弾《だん》痕《こん》樟に古りゆけり

吉《きち》次《じ》越《ごえ》狐の径《みち》となりて絶ゆ

時雨れつつ片虹立てり殉教碑

長崎、聖母の騎士園、ルルド

おん母の恵みか冬の八重椿

あらたに成りし二十六聖人殉教の碑

天国《ぱらいそ》の夕焼《ゆやけ》を見ずや地は枯れても

蒼天や舌出す爪の三番叟《さんばそう》

八重葎《やえむぐら》風なき爪の沈みけり

秋鮎や宿も瀬も古る千曲川

十六夜《いざよい》やふるき坂照る駿河台

酔芙蓉白雨《はくう》たばしる中に酔ふ

鰭《ひれ》酒《ざけ》も春待つ月も琥《こ》珀《はく》色

甚平や自作自銘の楽《らく》茶碗

一輪のはや大酔や酔芙蓉

七《なな》十《そ》路《じ》は夢も淡しや宝舟

魞《えり》壺に諸《も》子《ろ》魚《こ》の波や鳥曇

これやこの西郷札《さつ》か麦熟れて

西郷隆盛の宿営せし児玉熊太郎宅は、いま復元せられて当時の軍中用品を陳列せり

桜島とゞろき噴《ふ》けり旧端午

四万温泉　尾上多賀之丞丈、別館に滞在するとききて

わざをぎの盆の湯治や鳳《ほう》仙《せん》花《か》

熟《う》睡《まい》翁敬ふ朝湯沸きにけり

菊枕夢彩《さい》雲《うん》に入りにけり

顔《か》見《おみ》世《せ》や口上木《で》偶《く》の咳ばらひ　『緑雲』

平林寺

竹外の一枝は霜の山椿

寒木瓜《かんぼけ》や老のただしき心電図

蛤《はまぐり》のひらけば椀にあまりけり

やりすごす湖の疾風や種下ろし

飛騨高山　三句

雨はげし逆立つ飛騨の田植蓑《みの》

朝市や峠越え来し夏蕨

奥飛騨の新茶もめでよ朴葉鮨

湯西川温泉

夏蝶や平家邑《むら》とて揚羽蝶

白玉やおとろへし歯にしみとほり

ふるき寄席《よせ》閉づる噂《うわさ》や恵比須講《えびすこう》

十世市川海老蔵襲名披露

顔見世や名もあらたまる役者ぶり

大和文華館、伊勢物語展

業《なり》平《ひら》の旅路霞むや返り花

石田波郷君を悼む

鶴とほく翔けて返らず冬椿

白魚の煮ゆるやそそぐ酒すこし

待たねども咲けばかなしき烏瓜

月幾世照らせし鴟尾に今日の月

開山廟

灯の尽きし紙燭をかこみ虫時雨

中宮寺

夢殿へ日輪移る秋日和

穂高牧場

牧閉ぢて紫こぼす山葡萄

光子結婚

その母の裲《うち》襠《かけ》似合ふ菊日和

大鯛を得て俄かなる年わすれ

打出しの獅子のきほひや初芝居

白魚を煮る酒の香や細《ささめ》雪《ゆき》

吉野葛溶くや冷えこむ彼岸過

蜻蛉うまれ緑眼煌《こう》とすぎゆけり

法隆寺太子会　二句

稚児《ちご》の列蝶がみちびき蝶が追ふ

花吹雪中宮寺さまを吹きとどめ

雨雲に紅暈《べにがさ》置けり花杏

大山祇神社国宝館

南風《はえ》の波遠し海獣《かいじゅう》葡萄鏡

河野通信奉納

夏蝶や威しも紺の大荒目《おおあらめ》

松山市余戸、波郷君墓畔

月見草うち伏すままに丘の雨

白玉やひととせぶりの喜劇見て　『餘生』

雨くらきわびしさに栗茹《ゆ》でてをり

山雨来る雲の中なり葡萄摘

嘴《はし》のあと残るが甘し百匁《ひゃくめ》柿《がき》

釣瓶《つるべ》落しといへど光芒しづかなり

撒《まき》手《て》拭《ぬぐい》得たりと受けて初芝居

鯛焼の鰭《ひれ》よく焦げて目出度さよ

毛糸帽老の長眉隠しけり

河豚雑《ぞう》炊《すい》眼鏡くもりてただうまし

飯に炊く春の蕗あり小海老あり

伊東、城ケ崎

磯釣に黒南風《はえ》わたる沖くらし

伯耆大山、蓮浄院

昼も鳴く梅雨ひぐらしや胡麻豆腐

奥津温泉

枝蛙《えだかわず》しきりに山雨呼びにけり

鴨脚草《ゆきのした》咲く井やお菊ものがたり

黍の穂に触れては散りぬ稲びかり

眠る山或日は富士を重ねけり

羽子板や子はまぼろしのすみだ川

風呂吹や曾《かつ》て練馬の雪の不二

煮《に》凝《こごり》や鰈《かれい》全きうらおもて

歌舞伎座四月、「熊野」

春愁の黒髪丈にあまりけり

大長島、秋光君宅

庭畑もいざよふ月の花蜜柑

日盛《ひざかり》の喜劇見てをり世をわすれ

狭心症発作のため、救急車にて女子医大狭心症センターに
入院　二句

救急車曲るやのぞく居《い》待《まち》月

杉の香の高尾の護《ご》符《ふ》や星月夜

喜雨亭《きうてい》に柚子湯沸くなり帰り来て

餘生なほなすことあらむ冬苺

舌焼きてなほ寄せ鍋に執しけり

百日の一間籠りや梅遅速

一碗の飯の掟や花菜漬

百歩にて返す散歩や母子草

あきらめし旅あり硯《すずり》洗ひけり

白玉のよろこび通る喉《のど》の奥

栗の菓子鄙《ひな》びて落葉聴く如し

昨年九月十三日は、はじめて病変の起りし日なれば

忘れ得ぬ日や初花の酔芙蓉

病みてよりふたとせめぐる宝舟 『蘆雁』

風邪の熱もつれ抜けつつ縷《る》の如し

去年《こぞ》の鶴去年のところに凍てにけり

名を得たる店の小ささよさくら餅

牡丹浄土舞ふ蝶のみを許しけり

濤と見て渦をちこちに白牡丹

鱧《はも》鮨《ずし》をひらくやはしる山椒の香

青き蟬鳴くマロニエや駿河台

めづらしき眉ぞと老をうやまはる

木曾人の手作る栗の菓子うまし

謝春星まつりて終に医を嗣がず

宵すでに熟睡《うまい》となりぬ宝舟

相馬遷子君に葛飾賞を贈る

寒牡丹白光《びゃくこう》たぐひなかりけり

嵩《かさ》もなき菜の花和や赤絵鉢

アネモネや嗣治絵付の巴里の壺

さきがけの椿は淡し西王母

島原城内、切支丹史料展

梅雨めきて眉目もわかぬ納戸佛

武家屋敷町

走り梅雨水声町をつらぬける

螢来て灯れば手捕る旅ごろも

梅雨ひぐらし去年《こぞ》は聞きける人いづこ

船乗込待つやなびける夏柳

水羊羹喜劇も淡き筋ぞよき

寂《さび》鮎《あゆ》をつらぬく串や簗料理

一番蛙溯《のぼ》るや早瀬又荒瀬

灯るまで耐へて降りいづ酉《とり》の市

平次まつり

小春日や投銭ならぬ撒手拭

俄冷襲ふや夜半の膝がしら

土瓶蒸し三たびに秋は足りにけり

雙六《すごろく》の賽振り奥の細道へ

蓬萊や老いしわざをぎ湯治《とうじ》して

日がへりの京の人らし初芝居

雑炊や老の風邪には薬なき

頼家もはかなかりしが実朝忌

咳き込むやこれが持薬のみすず飴

貞祥寺遷子君句碑

みすずかる信濃は句碑に黒つぐみ

金台寺遷子君墓前

芍薬を供へその人にあふ如し

手折りても霧をまとへり女郎花

酒しらぬ我は旅のみ牧水忌

根岸茂樹君

袴《はかま》着《ぎ》や橘にほふ紋どころ

初筑波利根越えてより隠れなし

浅黄幕きつて落せば初芝居

朝倉和江癒えて野にいづ冬すみれ

春睡を雨亭十宜《ぎ》の一とせむ

春暁や追ふすべもなく夢絶えて

笊《ざる》に満つ初蚕豆《そらまめ》の淡青磁

庭師待つ我もかむるや藁帽子

向日葵も影もひとつや鷗外忌

『蘆雁』以後

十月歌舞伎座、「いがみの権太」

鮓桶を抱へし見得《みえ》や月落ちて

向日葵《ひまわり》の円盤垂れて花了る

耳老いて閻魔こほろぎを友とせり

顔見世や親まさりなる役ひとつ

消ゆる灯の命を惜しみ牡蠣《かき》を食ふ

髪に触れ波郷深大寺の破魔矢あり

死処は我家とひとり思へり鳥総《とぶさ》松

秋月すが子さんにあひて朝倉和江さんのことを託す

やすらぎて肩に影せよ初とんぼ

病よき兆しある日や柏餅

滴りを聴くかに対す岩たばこ

朝顔の今朝もむらさき今朝も雨

とどきたる山家手打の月見蕎麦

膝の上に日溜りつくる菊日和

手のひらのわづかな日さへ菊日和

歌反古もおろそかならず一葉忌

降りいでて虫も絶えしか一葉忌

奈良の狭川青史氏より大佛殿修理完成記念の散華を贈らる。
平山郁夫、杉本健吉両画伯の手になるものなり　二句

いわし雲片々散華のこころあり

郁夫菩薩健吉天女いわし雲

浦安の名も甘露煮もよみがへる

大霞するとはかかる宮址かも

紫陽花や水辺の夕餉早きかな

●水原秋櫻子句集『群青』解説——徳田千鶴子

黒塗りの門の中にいささかの植え込みがあり、正面が玄関、向かって右側が診察室、左側には垣があって、木戸を押すと飛び石づたいに住居の縁側にあがれるようになっていた——これが秋櫻子の生まれた家です。

東京神田猿楽町。所謂神田古書店街のすぐ近くにある産婦人科医院でした。父漸（すすむ）は和歌山県出身で医師を志して上京、免状をとると結婚し、夫婦養子として水原家に入りました。母は治子（はるこ）、旗本の自由闊達な気風に育ちました。律儀に医院の経営に邁進する父に馴染めぬ秋櫻子は、手先が器用で、多様な趣味を玄人はだしで嗜む母方の祖父や、芝居が好きで声音を真似てみせる祖母に親しみます。

少年期、一日中揚げるほど熱中した凧揚げも、相手を弾きとばす貝独楽の回し方も、どれも祖父に教わったものですし、後年の芝居好きは祖母の影響でしょう。

しかし、自身は気づかなかったかも知れませんが、孫の私から見て、秋櫻子は父母両方の気質を併せ持っていました。

趣味の部分は母方から、仕事に関しては父の真面目で融通の効かぬところを、頑強な身体は父似で、背の高いところは母譲り。

人見知りは父の血でしょうか。秋櫻子は未知の人と会うことや大勢の中に気軽にとけこむことが苦手でした。燥いだり甘えたりしない子だったと思います。小学校も三年生になってやっと友達づきあいが出来るようになったと記しています。

父は病院を新築し産婆学校も創設。長男である秋櫻子は否応無く医師になるよう決められ、その準備の為の転校を言い渡されます。これが苦痛でした。快々として楽しまぬ日が続きます。やっと自分の居場所を見つけたのに。そう簡単には新しいことに馴染めないのです。慎重であり剛情でもありました。

心すすまぬままに入学した中学でしたが、個性豊かな先生に触れ、学問の愉しさを知ります。でも孤独でした。まっすぐ帰宅すると近くの弓術道場に通います。

秋櫻子は身体を動かすことが好きでした。相撲、野球、テニス、スキーなど、どれもある程度の水準に達する腕前です。私はよくキャッチボールの相手をしましたが、カーブ、ドロップと教えながら投げてくれました。お蔭で今も野球が大好きです。

弓術道場は、代議士で俳人の角田竹冷の住居にあり、町内の子供達が集う場所でした。「竹冷文庫」は、貴重な俳句文献として有名ですが、勿論この時の秋櫻子は知りません。しかし、お正月の歌留多会には特別に参加を許されました。得意な暗記力で、百人一首の歌を全て覚えていたからです。

中学三年の時、母が発病し療養生活を送るようになりました。母の無聊を慰める為に、貸し本屋から本を借りるのが、秋櫻子の役目でした。尾崎紅葉『金色夜叉』二葉亭四迷『平凡』島崎藤村『破戒』等々、母が読み終えた本を、自宅二階の母の枕元で読む。秋櫻子に出来るせめてものことでした。

やがて高校入試が迫ってきました。

勉強家は三年生から始めている受験勉強なのに、気づけば秋櫻子は最終学年の五年生になっていました。受かるはずがありません。結局二年浪人して第一高等学校に合格。

病床の母が喜んでくれたことが、何より嬉しいことでした。

一高では、人見知りが嘘のように寮生活を楽しみます。野球部に所属し練習に明け暮れる以外にも、友達と芝居や落語を聞きに繰り出し、学生生活を謳歌します。当然勉強は疎かになりましたが、何とか東京帝国大学の医科に進学します。父の（母も）願う道でした。

それを見届けると間もなく、母が亡くなりました。結核でした。

母の死は、想像以上の影を落とします。遣る瀬なさから、テニスや短歌、芝居、美術へと心が傾きます。医学の勉強はどうしても疎かになり、散々の成績。自ら招いた結果とは言え、鬱々とした秋櫻子に追討ちをかけたのが、父の再婚でした。

東京に居た堪れない気持が募り、姉の住む京城（ソウル）へ出かけます。軍医の義兄の任地でした。幼い甥や姪と遊び、秋の早い京城の澄んだ空を見て過しました。

春休みにもまた京城へ。連翹や桃が咲く美しい景に心が慰められるのでした。その帰途の車中、何気なく買った「ホトトギス」を読み耽ります。実は一高時代に高浜虚子の『俳諧師』『鶏頭』を読んで、虚子にも俳句にも興味を抱いていたのです。

初めてホトトギスを読んで、秋櫻子の俳句のイメージ（古い、抹香くさい）が一掃されました。自然からの清涼な風が胸に吹きこむようでした。しかし半年ほど購読しましたが、作句するには至りません。やはり短歌に心惹かれていたのです。

当時、朝日新聞の歌壇を担当されていたのは窪田空穂でした。一高時代『空穂歌集』の

鉦鳴らし信濃の国を行き行かばありしながらの母見るらむか

を愛誦していた秋櫻子は、思いきって投稿してみます。と、意外にも選に入ったのです。後に縁あって月例歌会に出席し、一首一首を丁寧に批評する姿に感銘を受けました。投歌者との自由な意見交換にも目を見張ります。秋櫻子が短歌を詠んだのは、様々な理由から僅か二年余でしたが、空穂を師と仰ぐ気持を終生持ち続け、自身の指針としました。

「調べに主観を托す」という理念は、空穂の教えから得たもので、少しでも到達に近づく為、心を養い表現を磨くことに努めました。万葉集や古今和歌集など古典を繰返し学び、分らないことや疑問点があると、目白台の空穂邸に伺い、教えを乞うのでした。空穂もまた、昭和四十二年身罷るまで、秋櫻子の訪れを快く迎えたのです。

大正八年、秋櫻子の人生が奔流のように動き始めます。四月、吉田しづ子と結婚。しづ子の七人の妹弟をとりあげたのが、父漸という縁でした。

五月に、教室の先輩、緒方春桐より俳句会に誘われます。医学部出身者だけという気安さから出席すると、思いがけない高成績（一回目だけでしたが）、指導者の野村喜舟は「渋柿」の作者でした。やがて主宰の松根東洋城にも面識を得、泊りがけの吟行にも参加するなど、あっという間に俳句へ傾倒していくのです。ところが、一年余り俳句を作ってみると、ホトトギスの自然にもとづく明るい句風に惹かれる自分に気づきます。村上鬼城や原石鼎が並ぶ雑詠欄が輝いて見えました。

虚子に学びたい。

思い込むと即実行が江戸っ子です。

渋柿を辞しホトトギスに投句する決心を春桐に告げ、東洋城への挨拶もすませるのです。厳選で知られるホトトギス。三年頑張るつもりで投句しました。

大正九年四月、息を詰めて開いたホトトギスの三頁目に四句掲載されていたのです。思いがけない喜びに力を得て、秋櫻子は虚子に手紙を認めます。ホトトギスの一作者として勉強したい。挨拶のつもりでしたが、思いがけず巻紙に筆の返事が届きました。この時の感激は「草深い中に、はっきりした道を見出したような思い」でした。

医学の勉強も頑張りどころにきていました。朝七時に研究室に入り、早くても夜八時、ときには十一時近くまで、与えられたテーマに没頭する日々。研究の間の少しの休み時間には、構内を歩いて句帖を開きました。

いくら忙しくても、俳句への情熱は増すばかり。ホトトギスの月例会にも出席します。傍系の「破魔弓」から同人の誘いがありました。後に改題して「馬酔木」になるのですが、第二号からの参加でした。

虚子の助言で東大俳句会が生まれます。中田みづほ、富安風生、山口青邨、山口誓子の五人で始まった会に、やがて高野素十ら多くの人が参加して、語り草になるような楽しい会だったそうです。その会を退かざるをえない事態が、徐々に進行していました。

虚子の唱える「花鳥諷詠」という新しい標語は、主観を大切にする秋櫻子には到底容認出来ないことでした。この方向では、対象を細かく描くことに重点が置かれます。

俳句が短詩ながら人を惹きつけるのは、その主観の力である。ただし主観を表面に押し出せば句はたちまち浅薄なものになってしまう。そこで表面にはただ眼で見たままを描き、主観は句の調べに托してあらわす――これが秋櫻子の目指す写生でした。

秋櫻子の去就を心配して、様々な人から忠告や助言がなされます。青邨が講演の中で「東に秋櫻子、素十。西に青畝、誓子」と語り四Sという言葉を遣ったのも、ホトトギスから脱けぬようという思いがこめられていました。

ある日、素十が虚子の言葉として「清濁併せのまないと大成しないよ」と伝えると、秋櫻子は「濁をのむなら大をなさなくてよい」と答えました。潔癖な秋櫻子らしい言葉です。昭和五年、第一句集『葛飾』が上梓されます。ホトトギスの大半の作者が、虚子に頼む序文を自らが書き、選を経ない句も入れました。この句集の感想を虚子は「たったあれだけのものかと思いました」と告げます。しばらく黙ってから「あなた方の俳句は、一時どんどん進んで、どう発展するかわからぬように見えましたが、この頃ではもう底が見えたという感じです」と続けました。秋櫻子は心の中で「その通りかも知れない」と苦笑しつつ返事はせずに、その場を辞します。

翌年の三月、ホトトギス誌上に「秋櫻子と素十」が載ります。中田みづほの主宰誌に一年前に載ったもので、秋櫻子の句を否定する内容でした。何故、地方誌の以前の記事を転載するのか、出来るだけ穏便に辞したいと思っていた秋櫻子も、去る時がきたのを覚悟します。

十月号の馬酔木に「自然の真と文芸上の真」を発表し、ホトトギスと決別します。十年の育成の恩と、良き友人を思うと迷いもありましたが、信条を曲げる訳にはいきません。新生馬酔木に参加を依頼したのは七人だけでした。切り崩しは良しとせずです。自分が馬酔木で育てた人だけに声をかけました。

それが思いがけず、馬酔木の会員が増加したのです。秋櫻子は心を引締め、次々と本を出版し、新しい企画を試みます。自選の同人欄や賞の設定など、今では当然のことですが。自由で風通しが良く、批評の出来る雑誌を目ざしました。

昭和七年、松山から石田波郷が上京し、馬醉木の事務や編集の手伝いを始めます。十年には誓子が加わり、十二年には春日部から加藤楸邨が上京、編集部へ。

その一方、高屋窓秋や石橋辰之助が無季俳句に走ります。また戦時下、人間探求派と目された波郷と楸邨に検挙の噂が流れ、二人は馬醉木を離れます。同じ頃、国策協力の日本文学報国会が結成され、虚子と同席する機会がしばしばあり、再び挨拶を交すようになります。十八年に次男富士郎が十九歳で病死した告別式には、虚子の姿がありました。

戦争で神田を焼けだされた秋櫻子は八王子に居を移し、やがて俳句に専念する生活に入ります。八王子の自然に恵まれた日々は、それまでの都会生活とは全く異なるものでしたが、次第にその環境に馴染むのでした。

昭和二十年十二月、復刊号が出ると共に、曾ての活動的な日々が戻ってきます。二十三年に「天狼」創刊の為に誓子が去るのと入れ替るように、波郷、石塚友二らが復帰。波郷は編集長として新生馬醉木に貢献します。秋櫻子もまた、波郷の死のその日まで、この愛弟子を支え続けるのでした。

藤田湘子、能村登四郎、林翔、福永耕二、千代田葛彦、有働亨。

門下の俊英は数えきれません。

野鳥、スポーツ、美術、芝居、新しい分野を開拓し、俳句を拡げました。

厳格でしたが狭量ではなく、甘いものに目が無くてお酒は一滴も駄目。晩年の読書は池波正太郎や五木寛之。本名の豊（ゆたか）そのままに、豊かな人生だったとしみじみ思うのです。

水原秋櫻子（1892～1981）

明治25（1892）年10月9日、東京市神田区猿楽町に生まれる。本名豊。大正7（1918）年東京帝国大学医学部卒業。大正8（1919）年４月、東京文理大学教授吉田彌平（国文学者）の長女しづ子と結婚。句作開始。大正10（1921）年、前年より投句していた「ホトトギス」の例会に出席し、高浜虚子に会う。大正11（1922）年東大俳句会再興。創刊された「破魔弓」に第二号より参加。昭和3（1928）年「破魔弓」を「馬醉木」と改題。「馬酔木咲く金堂の扉にわが触れぬ」に因む。水原産婆学校長、病院長となり、昭和医学専門学校教授に就任。四年後、宮内省侍医寮御用掛に任命される。昭和5（1930）年句集『葛飾』上梓。昭和6（1931）年馬醉木誌上に「自然の真と文芸上の真」を発表。「ホトトギス」を脱し、これより「馬醉木」に拠る。昭和20（1945）年3月、神田の自宅、病院消失し八王子に移る。俳句中心の生活へ。昭和29（1954）年11月、杉並区西荻窪に新居。旺盛な活動を開始。昭和37（1962）年二代目俳人協会会長に就任。以後十六年にわたり務める。昭和41（1966）年芸術院会員。昭和56（1981）年7月17日、急性心不全で死去。享年89。

句集21冊、全集21巻、歳時記、随筆集、俳句作法、鑑賞、古典研究など著作多数。

徳田千鶴子（1949～）

昭和24（1949）年2月18日、水原秋櫻子長男の水原春郎の長女として八王子に生まれる。平成4（1992）年、「馬醉木」入会。平成10（1998）年、「馬醉木」同人。平成19（2007）年「馬醉木」1001号より編集長、平成21（2009）年より副主宰。

水原秋櫻子に関する著作３冊あり。

発　行　二〇一一年九月二九日　初版発行
著　者　水原秋櫻子
編　者　徳田千鶴子
発行人　山岡喜美子
発行所　ふらんす堂
〒182－0002　東京都調布市仙川町一―一五―三八―2F
TEL（〇三）三三二六―九〇六一　FAX（〇三）三三二六―六九一九
水原秋櫻子精選句集　群青　ふらんす堂文庫
URL：http://furansudo.com/　E-mail　info@furansudo.com
振　替　〇〇一七〇―一―一八四一七三
装　丁　君嶋真理子
印刷所　トーヨー社
製本所　並木製本
ISBN978-4-7814-0398-4　C0092 ¥1200E